BOB L'ÉPONGE LANCE ET COMPTE

par David Lewman
illustré par Harry Moore

PRESSES AVENTURE

Paru sous le titre original : *Spongebob's Slapshot*

Publié par Presses Aventure une division de
LES PUBLICATIONS MODUS VIVENDI INC.
55, rue Jean-Talon Ouest, 2e étage
Montréal (Québec) H2R 2W8
Canada

Traduction française : Catherine Girard-Audet

Dépôt légal : Bibliothèque et Archives nationales du Québec, 2009
Dépôt légal : Bibliothèque et Archives Canada, 2009

ISBN : 978-2-89660-004-5

Nous reconnaissons l'aide financière du gouvernement du Canada par l'entremise du Programme d'aide au développement de l'industrie de l'édition (PADIÉ) pour nos activités d'édition.

Gouvernement du Québec – Programme de crédit d'impôt pour l'édition de livres – Gestion SODEC

Imprimé au Canada

« Il lance et compte ! s'écrie Bob L'éponge en envoyant une serviette de table dans la poubelle avec son balai. La foule est en délire ! »

Il lance un autre déchet dans la corbeille. « Regarde ça, Carlo ! clame-t-il. Je ne rate jamais mon coup ! Je n'ai pas laissé une seule trace de ketchup ni une seule miette ni un seul petit résidu ! »

« Oh ! ça suffit, Bob L'éponge ! scande Carlo. Personne n'est intéressé à admirer tes exploits. »

Un agent sportif approche aussitôt Bob L'éponge : « Tu sais, fiston, je connais des milliers d'admirateurs de hockey qui paieraient cher pour te voir jouer ainsi ! »

« Vraiment ? demande Bob L'éponge en écarquillant les yeux. J'ai bien peur qu'il n'y ait pas assez de place pour tout le monde au Crabe Croustillant. Ce serait contre les règlements de sécurité. »

L'agent pouffe de rire.

« Pas ici, fiston, répond-il. Je parlais de l'Aréna de Bikini Bottom ! Aimerais-tu jouer au hockey professionnellement ? »

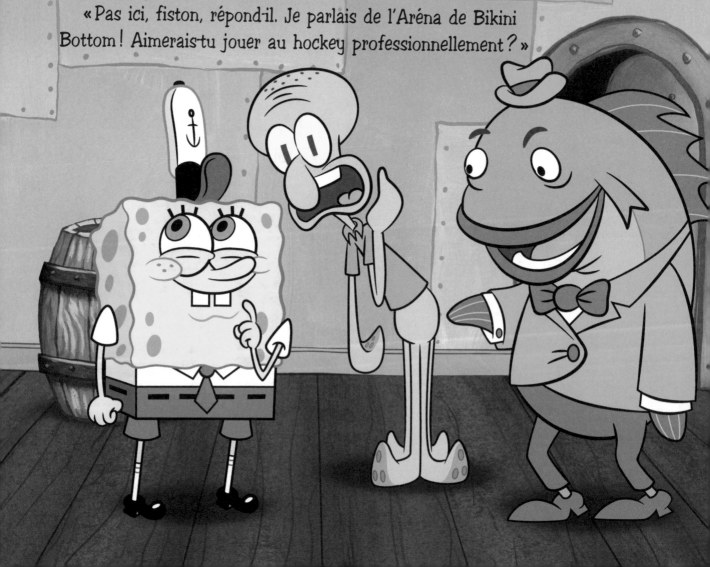

Bob L'éponge sursaute : « Moi ? Un pro du hockey ? »

« Pourquoi pas ?! répond l'agent. Tu as un talent naturel ! Au fil des années, j'ai eu la chance d'observer beaucoup de joueurs manier le bâton, et je dois dire que tu es le meilleur que j'aie vu ! Il ne te reste plus qu'à signer le contrat. »

« Je n'arrive pas à y croire ! » s'exclame Bob L'éponge.

« Moi non plus », gronde Carlo.

Bob L'éponge est en train de signer son contrat lorsque Capitaine Krabs fait irruption dans la pièce. « Bob L'éponge ! Qu'est-ce que tu fabriques ? hurle-t-il. Tu es censé me faire gagner de l'argent ! »

Bob L'éponge sourit. « J'étais en train de signer un contrat pour devenir un joueur de hockey professionnel, Capitaine », dit-il.

Le visage de Capitaine Krabs s'empourpre davantage. « Quoi ? tonne-t-il. Mais tu as déjà un emploi... comme friturier ! »

L'agent s'avance alors vers lui. « Et qui êtes-vous ? » demande-t-il.
« Je suis le propriétaire et le gérant de ce prestigieux restaurant »,
répond fièrement Capitaine Krabs.

« Gérant, hein ? fait l'agent. Dans ce cas, vous avez droit à votre part. »
Il dépose alors une énorme liasse de billets dans la pince du Capitaine Krabs.

Capitaine Krabs reste immobile pendant quelques instants en fixant les
billets. Il se met ensuite à pousser Bob L'éponge vers la sortie :
« Ne reste pas ici ! Va vite jouer au hockey ! »

Bob L'éponge se précipite aussitôt vers la maison de Patrick. « Hé ! Patrick !
s'écrie-t-il. Devine quoi ? Je vais devenir un joueur de hockey professionnel ! »

Patrick est si excité qu'il saute aussitôt du lit. « C'est génial, Bob L'éponge ! »
dit-il.

« Ouais ! acquiesce Bob L'éponge. Le seul problème, c'est que je n'ai jamais
joué au hockey de ma vie », admet-il.

«Pas de problème, répond Patrick d'un air confiant. Je vais t'enseigner tout ce que tu dois savoir ! »

« Merci, Patrick ! Je ne savais pas que tu jouais au hockey », dit Bob L'éponge.

Patrick sourit. « Il y a des tas de choses que tu ignores à mon sujet, Bob L'éponge », lance-t-il.

« Comme quoi ? » demande Bob L'éponge.

Patrick prend quelques instants pour réfléchir :

« Comme… hum !… que… hum !… je sais… jouer au hockey ! »

Patrick enseigne à Bob L'éponge à tenir un bâton de hockey, à faire une passe et à lancer au filet. Ils s'entraînent pendant des heures. Bob L'éponge parvient bientôt à mettre la rondelle dans le filet en tirant de n'importe où dans la cour de Carlo.

« Tu es très bon, Bob L'éponge ! » s'exclame Patrick.

« C'est parce que j'ai un excellent professeur, répond Bob L'éponge en souriant. Alors, quand allons-nous sur la glace ? »

« Pourquoi ? » demande Patrick d'un air étonné.

Carlo sort en trombe de sa maison avant que Bob L'éponge puisse répondre.

« Bob L'éponge ! Patrick ! Cessez immédiatement de jouer au hockey dans ma cour ! » s'écrie-t-il.

«Pourquoi Carlo est-il si en colère?»
questionne Patrick.

«Je pense qu'il veut que je m'habitue
aux admirateurs en délire, répond Bob
L'éponge. Merci, Carlo!» lui dit-il en lui
faisant un signe de la main.

Le jour suivant, Bob L'éponge se rend à l'Aréna de Bikini Bottom pour rencontrer l'entraîneur.

« Alors, c'est toi le petit nouveau, hein ? dit l'entraîneur en scrutant Bob L'éponge des pieds à la tête. J'ai entendu dire que tu te débrouillais bien avec un bâton. Es-tu prêt à jouer ? »

Bob L'éponge prend une grande respiration.

« Je suis prêt ! » dit-il.

L'entraîneur lui donne alors une petite tape dans le dos : « C'est ce que je voulais entendre ! Allez, suis-moi ! Je vais te donner ton uniforme ! »

Bob L'éponge contemple son nouvel uniforme, puis pointe son chandail avant de demander : «Que veut dire CB? Les Copains baraqués?»

L'entraîneur secoue la tête en souriant : «Non, ce sont les initiales du Chum Bucket, notre commanditaire.»

Bob L'éponge écarquille les yeux. «Le Chum Bucket? Vous voulez dire que je joue pour l'équipe de Plankton?»

Plankton sort aussitôt de son bureau. « Est-ce qu'il y a un problème ? » demande-t-il d'un air triomphant.

« Ouais ! il y a un problème ! Je ne peux pas jouer dans ton équipe ! Je travaille au Crabe Croustillant ! Tu es notre ennemi ! Tu es le diable ! » dit Bob L'éponge.

Plankton se contente de rire : « Oh ! tu joueras dans mon équipe, L'éponge. Tu es obligé de jouer ! » Il brandit alors le contrat devant le visage de Bob L'éponge.

Bob L'éponge sursaute. Plankton a raison. En refusant de jouer au hockey pour l'équipe de Plankton, Bob L'éponge brise sa promesse, et il ne peut se résoudre à le faire.

Bob L'éponge n'a pas le choix. Il sait que ça n'a rien à voir avec l'amour qu'il porte à ses pâtés de crabe. C'est simplement une question de hockey. Il reprend donc son sang-froid avant de se redresser. «Très bien, Plankton. Je vais tenir ma promesse. Je vais jouer au hockey comme un pro…, mais ça ne fait pas de toi un ange.»

«Oh! mais je t'en prie, Bob L'éponge, arrête un peu les compliments, répond Plankton avec un petit sourire en coin. Maintenant, va jouer!»

Bob L'éponge saute sur la patinoire pour l'échauffement d'avant-match. Il se sent bizarre au début. C'est une sensation bien différente de celle qu'il éprouve lorsqu'il lance des déchets au Crabe Croustillant ou qu'il s'entraîne dans la cour de Carlo — mais il s'habitue bien vite à son nouvel environnement.

Il lève les yeux vers les gradins et fait un signe de la main à Patrick. Il jette ensuite un coup d'œil à l'équipe adverse et aperçoit... Sandy!

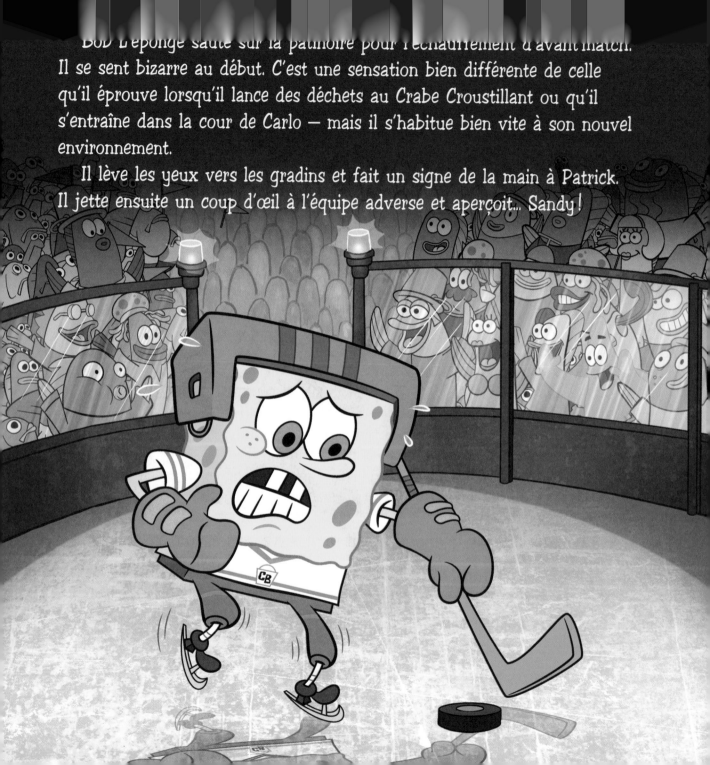

« C'est terrible, pense-t-il. Comment puis-je jouer contre l'une de mes meilleures amies ? »

Bob L'éponge tente de se cacher de Sandy, mais cette dernière l'aperçoit rapidement. « Salut, Bob L'éponge ! dit-elle d'un air ravi. Qu'est-ce que tu fais ici ? »

« Hum ! salut Sandy, répond nerveusement Bob L'éponge. Je… eh bien, je… fais partie de l'équipe adverse. Je suis désolé ! »

Sandy sourit alors. «Mais tu n'as pas à t'excuser, Bob L'éponge!» précise-t-elle. Ce dernier a l'air surpris : «Vraiment?»

«Bien sûr que non! s'exclame Sandy. Il n'y a rien de mieux qu'un peu de compétition entre amis. C'est la même chose lorsque nous pratiquons le karaté!»

Bob L'éponge se sent beaucoup mieux. «Tu as raison», dit-il.

Sandy lui tapote le dos. «La partie est sur le point de commencer. Lorsque la rondelle touchera la glace, je veux que tu donnes tout ce que tu as. Patine et amuse-toi, d'accord?» renchérit-elle.

«D'accord! s'écrie Bob L'éponge. Ce sera la partie la plus amusante qui soit, Sandy!»

La partie est très excitante! Les deux équipes patinent d'un bout à l'autre de la patinoire en comptant des buts. Bob L'éponge compte deux buts, tout comme Sandy.

En fait, chaque fois que l'équipe du Chum Bucket marque un but, l'équipe adverse riposte aussitôt en comptant à son tour!

Plankton crie de toutes ses forces de l'autre côté de la baie vitrée :
«Allez, les Chum Bucket! Comptez! Gagnez! Détruisez-les!»

Bob L'éponge regarde le tableau indicateur. Le pointage est égal, et il ne reste plus que quelques secondes au match. Peut-il réussir à compter un but avant la fin de la rencontre?

L'équipe adverse a le contrôle de la rondelle mais, tout à coup, l'un des coéquipiers de Bob L'éponge s'en empare et patine en direction du but. Bob L'éponge patine à ses côtés du plus vite qu'il peut.

« Prends la passe, Bob L'éponge ! » s'écrie le coéquipier en lui passant la rondelle. Bob L'éponge se dirige vers le but sans perdre une seconde.

Sandy apparaît soudain à côté de lui pour tenter de lui enlever la rondelle, mais Bob L'éponge parvient à la faire glisser derrière lui et à la faire tournoyer. Il feinte à deux reprises, il lance... et compte!

C'est le but! On entend alors le signal. La partie est terminée, et l'équipe du Chum Bucket a remporté la partie... grâce à Bob L'éponge!

« J'ai gagné! J'ai gagné! » s'écrie Plankton.

Tandis que les coéquipiers de Bob L'éponge le transportent sur leurs épaules, Bob lève les yeux et aperçoit Plankton en train de célébrer.

Bob L'éponge sourit. «Après tout, Plankton mérite bien d'être heureux de temps à autre», ditil.